카덴자의 노래

카덴자의 노래

초판 인쇄 | 2022년 10월 20일
초판 발행 | 2022년 10월 27일

지은이 | 권효진
펴낸이 | 신중현
펴낸곳 | 도서출판학이사

출판등록 : 제25100-2005-28호
주소 : 대구광역시 달서구 문화회관11안길 22-1(장동)
전화 : (053) 554~3431, 3432
팩스 : (053) 554~3433
홈페이지 : http:// www.학이사.kr
전자우편 : hes3431@naver.com

ISBN _ 979-11-5854-386-0 03810

카덴자의 노래

권효진 시집

학이사

2부. 도란도란

3부. 어두운 길 홀로 밝히며

4부. 어여쁜 꽃밭 하나

5부. 말갛게 미소 짓는

1부

햇빛의 씨앗

거울 속의 나

오늘 아침 거울 속의 나는 표정이 없다
어제의 내가 거기 있기 때문이다
나는 빛이 만들어 놓은 하나의 형상
그 누구도 내가 어제의 나라는 것을
알아차리지 못한다

오늘 아침 거울 속의 나는 표정이 밝다
오늘의 내가 오늘을 알아차렸기 때문이다
아직도 어제의 몸을 가지고 있지만
이제 눈을 뜬 나는 어린 새싹을 보듯
거울 속의 나를 본다

무언無言의 도시

광고와 뉴스가 넘치는 도시에는
살아있는 말이 없다
가끔 속삭이는 말들조차도 광고의 문장이고
날마다 주고받는 인사도 영혼 없는 말들이다
목숨을 걸고 말 하지 못하는 사람들은
점점 말을 잃어가고
마침내 도시엔 커다란 전광판이 사람의 말을 대신한다
살아있는 사람들을 대신해서 밥을 먹고, 인사하고, 포옹을
한다
그러고는 사랑한다고 큰 소리로 외친다
어쩌다 진심인 듯 아득하게 속삭일 때도 있지만
그것조차 죽어가는 말들의 환영幻影일 뿐

노래의 시원始原

우주는 항상 노래를 부른다
그 노래를 들을 수 있는 아기는
혼자서도 웃는다
잠을 자면서도 웃는다

꽃들이 웃고
별들이 웃는 것도
우주의 노래를 듣기 때문이다
오직 분주한 어른들만이 그 노래를 듣지 못한다

가만히 귀 기울이면 들리는 소리
고요한 가운데 침묵으로 오는
우주의 노래

한 번도 본 적 없는 바람

아직 낯선 시간
아무도 없는 곳에서
익숙한 것이라곤
한낮의 공기뿐

시간과 시간 사이를 오가며
가벼운 것들에 대해 묵상하던 빛이
붉은 제라늄 꽃잎 위에 머물자
가만히 앉아 있던 잠자리가 문득 날아올랐다

잠자리가 날아간 뒤
시든 꽃잎 하나
무심히 떨어질 때
나는 바람이 그곳을 지나갔다는 것을 알았다

한 번도 본 적 없는 바람이
텅 빈 몸속을 돌아나갈 때는
나도 꽃잎처럼 흔들리겠지

날마다 해가 뜨는 이유

언제나 그랬듯이
오늘 또 해가 떴네
날마다, 하루도 어김없이 해가 뜨는 게
신기하지 않니?

나는 오늘 문득,
날마다 해가 뜨는 이유를 알았어

그건 바로
내가 햇빛의 씨앗이라는 걸 알려 주려고 그런 거였어

아하!
너와 나는 바로 햇빛의 씨앗이었어
너와 나는 반짝반짝 빛나는 씨앗인 걸
이제야 알았어

나이테

나무는 이별하는 법을 배울 때
나이테를 만든다

세상의 이별이란 모두 슬퍼
어떻게 이별하는 것이 덜 아플지
속 깊이 염려할 때
나무는 사랑을 배운다

이별하지 않으면 안 될 때
나무는
사랑한 기억의 무늬 한 겹을
가슴에 새겨 넣는 것이다

혀

누군가가 말했다
내 말은 발음이 정확하지 않아
무슨 말인지 알아듣기 힘들 때가 있다고

그래서 내가 그랬다
혀가 길어서 그래요
나도 내 혀가 길어서 좀 불편해요
가끔은 입 안에서 주체하기 힘들 때가 있다니까요

나는 거울 앞에서
혀를 쭉 내밀어 보았다
길다
정말 길다

오래 전에도 나는 거울 앞에서
길게 혀를 내밀어 본 적이 있다
혀가 턱의 어디쯤에 닿는지,
혀끝이 뾰족한지 둥근지
누군가는 혀가 긴 사람을 뱀처럼 사악하다고 했고
또 누군가는 말이 많고 간사한 사람이라고 했다

그때도 내 혀가 무서웠다

살아갈수록 혀가 무섭다
길고도 무서운 혀
나는 혀가 무서워
입을 꼭 다문다

바람

바람이 불면 나뭇잎이 떨어진다
나뭇잎이 떨어지는 것을 보고
바람이 부는 줄 안다
나뭇잎이 계속 떨어지면
바람이 계속 불고 있는 줄 안다

바람에 떨어진 나뭇잎 바닥에 뒹굴다
온 사방에 흩어지면
바람이 몹시 거센 줄 안다
그때 사람들은 바람이 부는 것을 보았다고 말한다

그러나 바람이 부는 것을 본 사람은 아무도 없다
우리는 언제나 바람이 지나간 흔적만을 볼 뿐이다
바람이 불고 난 뒤에야
나뭇잎 하나가 떨어진 것이다

구름의 마음

종잡을 수가 없어요
구름의 마음은

어느 곳에는 비가 내리지 않아
땅이 갈라지고 강이 말라버려
사람들이 애타게 비를 기다리는데
또 어느 곳에는 하염없이 내린 비가
집을 쓸어가고 산을 쓸어가네요

종잡을 수가 없어요
구름의 마음은

어쩌면 저 구름은
종잡을 수 없는 사람의 마음일까요?

산도, 집도
모두 쓸어가도록 내버려 두는
저 무심한 마음은 누구의 마음인가요?

입속에 사는 개구리

내 입속에는
수많은 개구리가 살고 있어
입을 열기만 하면
순식간에 밖으로 튀어나온다

내 입에서 튀어나온 개구리는
'개굴개굴' 울지 않고
'떠벌떠벌' 지껄인다

떠벌떠벌, 제 자랑을 하고
떠벌떠벌, 다른 개구리 흉을 보는데
그놈은 하얀 거짓말도 제법 잘 한다

호시탐탐
내가 입 열기만 기다리는 못된 개구리
밖으로 나오지 못하게
입을 꽉 다물어야겠다

알파고와 달

알파고,
너는 천이백 개의 CPU를 타고 달에 가겠지만
나는 달빛 머금은 벚꽃잎을 타고 달에 간다

밤이 깊을수록 벚꽃은 설레고
내가 다가갈수록 달은 떨린다

밤의 달
달의 벚꽃
벚꽃 위의 나

이상하지?
숨이 멎을 것 같은 순간
뼛속 깊이 살았다는 걸 느껴

알파고,
달에게로 사다리를 놓아 주겠니
꽃잎 지고 난 뒤의 나를 위해

* 알파고AlphaGo는 구글 딥마인드가 개발한 인공지능(AI) 바둑 프로
그램이다. 2015년 10월의 분산 버전은 1,202개의 CPU와 176개의
GPU로 구성되어 있다.

바다와 거북

알에서 깨어난 거북은 바다로 간다
바다의 품에서 자란 거북은
짜디짠 생의 결정을
눈물로 내보내는 법을 배운다

거북이 흘리는 눈물은
바다의 눈물

숱한 울음을 다 받아주고도
바다가 의연한 것은
거북이 있기 때문이다

바다를 닮은 거북은
바다 대신 눈물 흘리고
바다는 오늘도
누군가의 통곡을 들어 준다

2부

도란도란

그릇

먼지처럼 흩어졌던 내 영혼을 불러 모아
다독이고 얼러서
그릇 하나 빚었다

넘어져 파이고
불에 덴 상처들은
단단하게 여물어

솜털 같은 미련도 없이
매정하게 떠나버릴 것 같던 목숨이
태연하게 주저앉아 있다

도란도란

마지막 감자가 땅속에서 막 나왔을 때
기다리던 감자들이 박수를 쳤다

한 밭에서 같이 자란 감자들은
옹기종기 한 바구니에 실려
세상 밖으로 나갔다
이렇게 도란도란 모여 있는 게
얼마나 예쁜지 보여 주러 간다

알고 보면 사는 것도
포슬포슬 찐 감자마냥
참 맛나다는 걸 가르쳐 주러 가는 거다

감자의 따뜻하고 부드러운 속삭임이
혀끝에 와 닿을 때
나도 도란도란 모여 앉아
속삭이고 싶어진다
우리 같이 살아서 참 맛나다고

딱새와 박새

아름드리 은행나무 위에
새떼가 내려앉는다
푸르르,
잎들이 흔들린다

그래 봤자,
딱새, 박새, 또 딱새들이다
수천 년 한자리를 지킨
고목의 뿌리는 쪼아대지 못한다

지구 위에 사는 모든 인간들이
한꺼번에 발을 굴러봐라
지구가 꿈쩍 하는가

그래 봤자, 수소 원자 한 개의
삼분의 일만큼도 눈 깜짝 안 한다

은행나무는 아직도 꿈쩍 않고
지구도 멀쩡하다

그러니 너나 나나 우리는
지구 위의 딱새나 박새쯤 되는 것이다

두부 먹는 저녁

비 내리는 어스름 저녁
잡초 우거진 뒷마당에 나타난 고양이 한 마리
젖은 털이 엉겨 붙어 작년 봄에 보았던 병든 너구리인 줄
알았는데
자세히 보니 동네 어귀에서 본 적이 있는 얼룩무늬 고양이다
그새 많이도 말랐다
슬금슬금 주위를 살피던 녀석은
사철나무 울타리 밑으로 가 무언가를 핥는다

무얼까 생각해 보니 그것은
러시아식 양꼬치 집에서 먹다 남은 빵이었다
냉장고에서 돌고 돌아 돌덩이처럼 굳어지고 곰팡이가 핀
것을
건초더미 위에 올려두었더니
딱새 몇 마리 왔다 가고
개미떼가 와글와글 잔치를 했다
이제 비 맞은 빵 조각은 형체도 없이 뭉그러져 반죽일 테지

나는 긴 식탁으로 돌아와
혼자 두부를 먹는다

녀석이 나타나기 전에 따끈하게 데워 놓았던 두부는
미적지근 식어버렸다

텅 빈 집 안으로 스며드는 빗소리
두부 속으로 스며들고
울컥 메이는 목을 빗물로 적신다

장화를 신으며

현관에서 지네를 본 뒤부터
신발을 신을 때마다
뒤집어서 터는 버릇이 생겼다

뱀을 본 적 있는 텃밭으로 나설 때면
목이 긴 장화를 거꾸로 들고
투-욱, 투-욱
몇 번 더 털고 나서야 신는다

아무래도 속이 잘 보이지 않는 장화는
더 의심스럽기 때문이다

돌아보면 언제나
보이지 않는 것이
보이는 것보다 더 무서웠다

귀가

일을 마치고 돌아와
먼지 묻은 신발을 벗고
무거운 가방을 내려놓는다

외투를 벗어 옷걸이에 걸고
돌아서는 발등 위로
배추 씨앗 같은 것이 포르르 앉는다

말라버린 하루살이가
희끗한 머리 위에 붙어있는 줄도 모르고
온종일 숱하게 거울을 보았구나

하루살이는
도대체 언제부터
내 머리 위에 붙어 있었던 것일까

창 너머 걸어온 길은 어둠에 묻히고
무릎은 적막에 잠긴다

창가의 고욤

집주인의 말로는 그렇다
감나무라고 심었는데 잎이 좀 이상하다고

도시에서 나고 자란 집주인은
분명 그게 감나무인 줄 알고 심었고
믿어 의심치 않았다
고 작은 것이 얼른 자라서
우람한 감나무가 되기를
주홍빛 달달한 감이 열리기를 기다렸는데
자랄수록 수상하다고

마을에서 먼 외딴 집
창가에 서 있는 나무가
고욤나무라는 것을 가르쳐 준 것은 우체부였다

자기가 고욤이라고 말할 수 없었던 나무는
그렇게 감나무였다가 고욤나무가 되었다

아직 우체부를 만나지 못한 집주인은
자기 집 뒷마당에 고욤나무가 있다는 것을 모른다

자기가 무슨 나무를 심었는지도 모른다

꽃이 별을 닮은 이유

꽃이 별을 닮은 이유는
밤마다 별을 보고
별을 꿈꾸기 때문이다

별을 보며
하늘 꽃밭을 꿈꾸고
별이 보이지 않는 어둠 속에서도
오직
별만 사랑하기 때문이다

자벌레의 일기

생이라는 게 고작
한 번 움츠렸다가
딱,
한 번!
길게 몸을 펴는 순간에
지나지 않는다는 것을 알았을 때
비로소 나는 편안하게 누웠다

그때, 처음으로 별을 보았다

거북의 눈물

소리 없이 우는 법을 배우려거든
거북에게로 가라
바다 대신 눈물 흘려주는
거북의 잔등에 엎드려
귀 기울여 보라

깊은 눈물은
소리가 없다

고요와의 입맞춤

세상의 모든 존재와 만나는
새벽

완전한 것은
언제나 고요하다

빗방울

적요의 아침
소리도 없이
떨어지는 한, 순간,
우주가 떨린다

작은 새

숲속 수많은
가지와 가지들 사이
가장
고요한
한 가지

나는 그 가지 위에
앉아 있는
작은 새이고 싶다

3부

어두운 길 홀로 밝히며

경칩

한 뼘 자란 마늘밭 한가운데
엄마 혼자 쪼그리고 있다

엄마는 둥글게
마늘은 새초롬하게
서로 얼굴을 맞대고 소곤거린다

햇살이 냉큼 끼어들자
마늘밭이 재잘재잘
노랗게 간지럽다

사월 꽃비

환한 듯
아픈 듯
눈물 같은 분홍 꽃비

바람 없는 새벽
어둠을 젖히고 내미는
부드러운 걸음
기척도 없이 다가오더니
지난 바람처럼 가슴을 저미네

떠나보내는 건
미처 생각지도 못했는데
야속하고
얄미운 것

해 저물녘

해가 저물면
배고프지 않은데도
허기가 지는 것은
노을을 머금은 바람 때문이다
붉게 물든 바람이 목구멍을 넘어가
휘휘 공명하면
몸은 태곳적 그랬던 것처럼 붉은 울음을 운다
온몸이 시뻘겋게 물들어 갈 때
나는 두고 온 자궁 생각에
서둘러 집으로 간다

오월의 숲

오월의 숲에 가고 싶다
막 돋아난 새잎들이 춤추는 오월의 숲에 가면
내 영혼이 깃털처럼 가볍게 날아오를 것 같다
살아생전 누려보지 못한 온갖 기쁨을
그곳에서 다 만날 수 있을 것 같다

오월의 숲에 가면
아직 만나지 못한 모든 희망을
그곳에서 다 만날 수 있을 것 같다

가자!
오월의 숲으로!

오늘 나는 그곳에서
오래 전에 잊었던 나를
다시 만날 수 있을 것만 같다

사과 한 알

우주라는 커다란 과수원에
수많은 사과가 주렁주렁 매달려 있거든

밤에도 빛나고
낮에도 빛나는 사과들

너도 사과
나도 사과
우리는 저마다 빛나는 사과 한 알이야

한때는 씨앗이었다가
한때는 환한 꽃이었다가
어느새 빛나는 사과 한 알이 된 거야

햇볕이랑 사이좋게 지내다가
달콤하게 잘 익다 보면
언젠가 우리도 나무가 될지도 몰라

향기로운 꽃을 피우고
열매 맺는 사과나무 말이야

한 사람이 등불을 들고 가네

저기 한 사람이 등불을 들고 가네
어두운 길 홀로 밝히며 걸어가고 있네
그가 가는 길은 어둡지만
그가 서 있는 길은 환하게 밝아
넘어지지 않고 갈 수 있네

나는 이제 그의 뒤를 좇아가려 하네
그가 불 밝히는 그 길을 따라
나도 등불 하나 켜 보고 싶네

나도 등불 하나 환하게 밝히어
누군가 내 뒤를 따라 오는 이의 길
환하게 밝혀 주고 싶네

홀로 등불 하나 들고 가는 이 외롭지 않네
그의 뒤에는 내가 있고,
내 뒤에는 또 누군가가 있으니
서로가 그런 줄 알면서 가는 길
아무도 외롭지 않네

우리가 만난 날

내가 태어난 날은
우리가 만난 날

내가 세상에 태어나는 그 순간
우리가 만난 거니까
내가 태어난 날을 기념하는 것은
곧 우리가 만난 날을 기념하는 것

당신이 없었다면
나는 아무것도 할 수 없었고,
아무것도 배울 수 없었을 거야
우리가 함께 하지 않았다면
그 무엇도 이뤄낼 수 없었을 거야

너와 내가 함께 있는 이 순간이
바로 나의 세계가 존재하는 순간이야
우리는 곧 세계이며
세계는 곧 우리야

우리가 만난 날은

세계와 내가 만난 날
기념하지 않을 수 없는
참, 기쁜 날

아가에게

들어보렴, 아가야
저기 봄이 오는가 보구나

이렇게 마음이 들뜨고 흥겨운 것은
온 세상이 긴 잠에서 깨어나기 때문이란다
아직도 추위가 다 가시지 않았지만,
이렇게 가슴이 두근거리는 것은
깊은 어둠속에서 땅을 박차고 나오는 용기 때문이란다
온 세상 씨앗들이 기지개를 켜고
긴 겨울잠을 자던 생명들이
힘차게 땅을 박차고 나오는 저 소리를
우리 가슴이 먼저 듣는 거란다

들어보렴, 아가야!
네 심장의 소리를

이제 네 심장이 두근거리는 이유를 알겠니?
너는 저 넓은 대지와 함께 숨 쉬고 있단다
우리는 모두 대지에서 태어나 자라고
언젠가는 다시 대지로 돌아가는 거란다

가만히 대지의 숨소리에 귀 기울여 보렴
한 순간도 멈추지 않고 뛰고 있는 저 생명의 소리

들어보렴, 아가야
그것은 네 생명의 소리,
네 영혼의 소리란다

오직 너만의 소리를 찾아 귀 기울여 보렴
거기에 네 고향의 소리가 있을 테니
아가야, 그것은 바로 천국의 노래란다

엄마의 무릎

'개나리 처녀' 노래를 좋아하는 엄마
개나리 활짝 핀 봄날에
무릎 수술을 했다

예순일곱, 아직도 젊은데
고단하고 무거운 여정
무릎뼈가 으스러졌다

오인용 병실 한쪽 침상
주사를 맞고 낮잠 자는 엄마 옆에 앉아
나는 책을 읽는다
엄마의 무릎을 읽는다

하지 夏至

불타는 여름 태양을 보라
이제껏 본 적 없던 열정을 모두 다 태우려는 듯
아낌없이 다 불살라 버릴 듯
미친 듯 타오르는 염원을 보라

그러나 그것은 잠시뿐
세상에 영원한 것이 어디 있더냐
오늘 미친 듯이 활활 타오르는 저 불꽃도
내일이면 스러질 것을

내가 아직 숨 쉬고 있는 것은
한 번도 제대로 불타오르지 못한 것을
참회하기 위한 것이니

저 태양이 내게 말해 주고자 하는 것은 오직 한 가지
내 영혼을 불살라
활활 뜨겁게 타올라 보라는 것이다
그것, 뿐이다

카덴자의 노래

그대 카덴자여!
아직도 숲속에 숨어서 기회를 엿보고 있는가
적군이 몰려올까 두려워
숨도 쉬지 못하고 엎드려 있는가

그대 카덴자여!
용기를 잃어버리고 두려움에 떠는 영혼이여!
이제 숲에서 빠져나와 드넓은 광야로 나아가라!
광야에 홀로 우뚝 서 있을 때에야 비로소
그대 영혼이 어디로 가려는지 깨닫게 될 테니

카덴자! 길을 잃고 숨어 있는 영혼아!
걸어갈 의지조차 잃어버린 영혼이여!
크게 숨을 들이쉬었다 내쉬어보라
이제 깊은 잠에서 깨어난 영혼이
기지개를 켤 때가 되었음을 알아차릴 수 있을 테니

용감한 영혼이란 언제 어디서든 깨어 있는 영혼!
어디에 있든 깨어서 걸어가라
멈추지 말고 계속 걸어라

긴 잠에서 깨어난 영혼은 그만큼 더 오래 걸어가야만 하는
법,
  숨어 지낸 날들보다 더 많은 날들을 걷고 또 걸어가야 할
것이다

  방랑하는 영혼이 아니라
  당당하게 전진하는 무사처럼
  힘차고 자유롭게 걸어가라!
  그리고 노래하라!
  위대한 영혼의 아름다운 노래를!

  * 카덴자Cadenza: 악장이 끝날 무렵 등장하는 독주 악기의 기교적인 부분.

고독의 심장

눈 속의 성자가 웃을 수 있었던 까닭은
고독의 심장을 만났기 때문이다

그대 아직 외롭다고 느껴진다면
스산한 그 길을 따라가라
심장으로 다가서라

평균 36.5도씨의 군중 속에 있어도
혼자 매서운 칼바람을 맞은 것처럼
뼛속 깊은 통증이 있다면
그대는 알아야 한다
그곳이 바로 고독의 머나먼 변방
어디쯤이라는 것을

홀로
아무도 없는 길 위에 서 있을 때
그대 깨닫게 되리

아직 걸어가지 않은 그 길 끝에는
밝고 따뜻한 등불이 켜져 있다는 것을

얼어붙은 가슴을 녹여주는 것은
고독의 심장뿐이라는 것을

쟈허히티 헤허에 부는 바람

나는 혼자 걸었네
바람이 부는 붉은 사막
쟈허히티 헤허

아무도 없는 그곳을 걸을 때
외롭고 쓸쓸한 내게
친구가 되어 준 것은 바람뿐

바람은 내게 속삭여 주었네
길을 잃지 않도록 조심하라고

그곳에선 오직 바람만이 내게 말을 걸어주었고,
바람만이 내 말에 대답해 주었지

황량하고도 붉은 쟈허히티 헤허
그곳에선 오직 바람만이
나를 일으켜 세워 주었지

나는 바람이 불어오는 곳을 향해
쉬지 않고 걸었네

바람을 만나기 위해
걷고,
또, 걸었네

4부

어여쁜 꽃밭 하나

자작나무에게

마른버짐이 핀 것 같은 나무가 있습니다
가까이에서 보면 꼭 버짐이 핀 것 같아
좀 더 가까이 가고 싶지 않아집니다

하지만 멀리서 보면
그 나무는 환하게 빛이 납니다

때로는 너무 가까이에 있어서
빛나는 나무를 알아차리지 못하기도 합니다

이제야 나는 자작나무에게 고백합니다

자작나무야, 미안해
몰라봐줘서 정말 미안해

고요의 이름

고요의 이름은 물입니다
소리 없이 스며들어
그 누구도 알아채지 못하는 사이
꽃 한 송이 피워 올리는 물입니다

고요의 이름은 향기입니다
한 마디 말도 없이
영혼을 그윽하게 채워 주며
미소 짓게 하는 향기입니다

고요의 이름은 사랑입니다
이 세상 모든 생명들이
그 안에서 싹을 틔울 수 있는 사랑입니다

그래서 나는 고요를 부를 때
물이라 하고
향기라 하고
또 사랑이라 부릅니다

그러면 고요가 다 알아듣습니다

눈 내리는 아침

하늘에서 눈송이가 내려오는 아침
아무도 모르게 기도드리는 두 손
새하얀 꽃송이 가득 담아
슬픈 이들에게 나눠 줍니다

눈이 내리지 않는 메마른 날에도
잘 기억할 수 있도록
소복소복 선물합니다

망종芒種에 내리는 비

어둠을 뚫고 나온 새싹이 말라죽지 않도록
비가 내립니다
하나도 슬프지 않은 비도 있다는 것을
조용하게 말해 줍니다

세상에 수많은 사람들이 살고 있듯이
비의 마음도 제각각,
오늘 내리는 비는
조용하고 기쁘게 웃는 비입니다
사랑으로 씨앗들을 다 살려주는 비입니다

이토록 조용하고도 기쁘게 다가오는 비를 보며
사람들이 웃습니다
비는 아무 말이 없고, 표정도 없는데
그 비를 맞은 새싹들이 웃고
그 푸른 새싹을 보는 사람들이 또 웃습니다

비는 제 마음을 말하지도 않았는데
나는 저 비가
찬란하게 웃는 줄 알고 있습니다

커피콩을 볶으며

어린 소년이 염소를 몰고 산으로 갈 때
나는 커피콩 자루를 메고 달궈진 무쇠산에 오릅니다
지나치게 뜨겁지 않고
너무 멀지도 않은 그 길을 가다 보면
먼저 길 떠난 소년을 만날 수 있습니다
가끔 산에서 제멋대로 뛰노는 염소를 만나기도 합니다
노을이 상기된 얼굴로 산등성이를 찾아올 때쯤이면
소년은 다시 염소를 몰아 돌아갈 채비를 합니다
나도 소년과 염소에게 인사를 하고
천천히 집으로 돌아옵니다
소년은 염소를 몰고 가지만
나는 그윽한 향기를 데리고 옵니다

나만의 꽃밭

내 마음속에는
나만의 꽃밭이 있습니다

아무도 올 수 없는
내 마음속 꽃밭에서
나는 나비가 되어 꽃들을 만납니다
꽃들은 오랫동안
내가 오기를 기다렸다고
반갑게 맞아줍니다

나는 내게도 빛나는 날개가 있다는 것을
이제야 알았습니다
그래서 그동안은 마음속 꽃밭에
날아갈 줄도 모르고 살았어요

누구나 다 자기의 마음속에
어여쁜 꽃밭 하나 품고 있다는 걸
여태 나만 모르고 있었나 봅니다

도무지 알 수 없을 때

어떡해야 좋을지
도무지 알 수 없을 때
콩콩 뜀박질을 해 봅니다
내 생각이 멈추고
내 마음이 멈출 때
심장이 뛰는 소리를 듣고 싶거든요

그래도 도무지 알 수 없을 때
나는 정말로 아무것도 하지 않아요
진심으로, 사실적으로
아무것도 할 수가 없으니까요

그때 내가 할 수 있는 건 오직 하나
가만히 귀 기울이는 것뿐입니다
내 숨소리에
귀 기울이는 것뿐입니다

만돌린을 켜보세요

달을 닮은 만돌린을 켜보세요
저 초원의 말들이 귀 기울입니다

오독오독 당근을 깨물던 말 한 마리가
홀연히 깨어나 달을 찾아 달려갈 거예요
그 먼 그리움을 찾아갈 거예요

아무도 없는 초원의 끝에 다다른 말이 보이거든
만돌린을 켜보세요
그때 말은 만돌린 소리로 울음 울 거예요

달의 그리움을 알아버린 말은
만돌린 소리로 울음 우는 법을 배운답니다

버선발로 뛰어나가는 아이처럼

기쁨이 오는 소리가 들리면
나는 아이처럼 버선발로 뛰어나가겠습니다
달려 나가, 문을 활짝 열어드리겠습니다

사랑이 오는 기척이 들리면
나도 어린아이처럼 달려 나가
두 팔에 쏘옥 안기겠습니다

어둠이 오는 기척이 들리면
나는 어린아이처럼 방으로 얼른 들어와
문을 꼭꼭 걸어 잠그겠습니다
어둠이 내 기쁨과 사랑을 집어 삼키지 못하도록
문을 걸어 잠그고
아침이 오기를 기다리겠습니다

하지만 아무리 어두운 밤이 오더라도
내 마음 속에 있는
기쁨과 사랑을 훔쳐 갈 수는 없어요

어둠은 곧 지나가고

또 다시 아침이 오니까
기쁨과 사랑은 어린아이처럼
날마다 쑥쑥 자랄 거예요

꽃의 침묵

꽃은 혼자 피어도 외롭다 하지 않아요
보아주는 이 하나 없어도
저 홀로 곱게 피어요

꽃은 지난겨울 추위가 얼마나 혹독했는지
누구에게도 말하지 않아요
아팠던 일도, 아주 많이 슬펐던 일도
모두 잊었는지
그저 웃기만 하네요

그늘도 그늘 나름
꽃이 만든 그늘은 향기롭기만 해서
나도 몰래 스르르
꽃그늘 속에 잠들고 말아요

꽃은 갈 때도
한 마디 말없이 떠나요
올 때 그랬던 것처럼 저 혼자

아쉽고 안타까운 건 말로 다 할 수 없지만

언젠가 또 만날 줄을 아니까
나도 꽃처럼 말없이
그립기로 합니다

열매 맺지 못한 사람의 후회

한 번도 밭을 갈아 본 적 없는 사람이
하늘을 바라봅니다
하늘 높이 떠서 흘러가는 구름을 보며
나도 구름처럼 훨훨
자유롭게 떠다니고 싶다고 생각합니다

한 번도 씨 뿌려 본 적 없는 사람이
이웃의 밭에서 싹이 움터 나오는 것을 보며
그 싹, 참 예쁘다 하고 감탄합니다

한 번도 거름을 준 적 없는 사람이
그 싹이 무럭무럭 자라 열매 맺는 것을 보고
그 열매 참 맛나겠다고 군침을 흘립니다

나는 그 사람들 가운데 서서
하늘과 새싹과 열매를 다 보았고,
그 사람들이 모두 다 나였음을 깨달았습니다

나는 한 번도 땅을 갈지 않았고,
한 번도 씨 뿌리지 않았으며

단 한 번도 거름을 준 적이 없으면서
내 이웃의 열매를,
탐스럽게 자란 그 열매를 부러워했습니다

이것이 바로 열매 맺지 못한 사람이 하는
후회인 줄을 알고 나니
딛고 선 땅에게 송구스럽습니다

하지만 이제 알았습니다
아직도 씨 뿌리고, 거름 줄 수 있는
내 마음의 땅이 있다는 것을
잘 알았습니다

염화미소 拈華微笑

어둠을 밝히는 빛 하나 있어
그 빛을 따라갑니다
가물가물 희미한 빛을 따라가니
그 빛이 점점 더 커져
환하게 세상을 밝힙니다
나는 그 빛 속에서 환하게 웃습니다

5부

말갛게 미소 짓는

꽃의 비밀

꽃이 나비를 부르는 것은
어여쁜 빛깔이나 향기 때문이 아닙니다

나비가 꽃을 찾아가는 이유는
꽃들이 천상의 노래를 부르기 때문이에요

꽃의 말을 들을 수 있는 나비는
천상의 노래를 들으러 꽃을 찾아가는 거랍니다

꽃의 노래를 들을 수 있는 나비만이
하늘 가까이 갈 수 있으니까요

아주 가끔

아주 가끔 별 생각을 해요
별에 별 생각을 다 한답니다
그러다 보면 별들이 반짝반짝
신호를 보내는데,
나는 아주 가끔 그 신호를 알아차린답니다

별에 별 생각을 다 할 때
별이 내게 다정하게 말을 건네듯
온통 당신 생각만 한다면
아주 가끔, 당신도 내게 말을 걸어줄까요

우주에 가득한 저 별들만큼 아득하게
당신 생각을 하다 보면
아주 가끔이라도
당신이 내 생각을 해주지 않을까요

사랑의 인사

오늘 밤은 유난히 춥네요
지금 저는 난로 속에 마른 장작을 집어넣고
불을 지피고 있어요
아무도 찾아오지 않는 숲속 오두막에서
누군가를 기다리며
혼자 불을 지피고 있답니다

오늘은 바람 소리도 제법 사납군요
하지만 저는 담담하게
밤의 어둠을 지킵니다
어둠의 숲속에 혼자 있지만
결코 두렵지 않아요
누군가를 깊이 생각하는 마음이 있어
외롭지도 않아요

아직 그 사람은 오지 않았고
언제쯤 올지도 알 수 없지만
저는 마냥 기다리기로 합니다

언젠가 그 사람이 이곳을 찾아온다면

저는 이렇게 말하겠어요
정말로 오래 기다렸다고요

언젠가 그 사람이 저를 찾아온다면
저는 난로 속의 불꽃처럼
활활 타오르는 마음으로
그의 입술에 입 맞출 거예요
참말로 애가 다 탔다고요

마음이 와닿을 때

좋은 마음이 와닿을 때는
말이 없어도
괜히 웃음이 나오고 기분이 좋아집니다

성낸 마음이 와닿을 때는
나도 모르게 기분이 나빠지고 서늘해집니다

마음은 소리도 없고 모양도 없고
두 다리도 없지만
언제나 저 먼저 와닿아요

나는 내 마음이 좀 더 따뜻해져서
누군가의 얼굴에 미소를 만들어 줄 수 있으면
참 좋겠어요

비엔나커피

비엔나에는 가보지 못했지만
비엔나커피를 엄청 좋아하거든요

비엔나 아이스크림은 아니지만
달콤하고 부드러운 휘핑크림이 듬뿍 올려진
비엔나커피는 환상이에요

아직 인생이 얼마나 달콤한지는 모르지만
언젠가 내게도 달달한 날이 오겠지요

화나고 속상한 날에는 꼭 비엔나커피를 마셔요
나를 아프게 한 그 사람의 얼굴에
휘핑크림을 듬뿍 발라주는 상상을 하면서 말이에요

인생, 뭐 별거 있나요?

칠월의 인사

많이 더우시죠
그래도 잘 지내시는 줄 알아요
뭐, 이보다 더 뜨거운 날도 잘 견뎌 왔잖아요

아참, 여긴 며칠 폭우가 몰아쳤는데
아직 좀 더 내릴 기색이네요

그래도 괜찮아요
비가 내리면 묵은 먼지들이 말끔히 씻겨 나갈 테고
바람 불면 남은 물기도 홀홀 털려 나갈 테니까요

제 맘에도 오늘은 바람이 세게 불었으면 좋겠어요
한바탕 흔들리고 나면
정신 차릴 것 같아서요

비에 씻기고
바람에 말리다 보면
저도 조금은 깨끗해지고 가벼워지겠죠

쨍하게 맑은 날

마음 뽀드득거리면
밖으로 나가 볼래요
어디든 가고픈 데로요

그때까지
안녕히 계실 거지요
수박씨 톡, 톡 뱉으면서요

씨앗의 말

씨앗은 꿈꾸는 말을 좋아해요
씨앗은 어두운 땅속에서
꿈꾸고 있거든요

씨앗은 빛나는 말을 좋아해요
꿈속에서 언제나 환한 빛을 만나니까요

씨앗은 사랑의 말을 좋아해요
언젠가 꽃으로 활짝 피어나
멋진 사랑을 할 줄 알거든요

그때가 되면 당신도
꽃에게 이렇게 말할 거잖아요
오래 꿈꾸었던 그 말

사랑해

춤추는 바다

춤추는 바다를 보셨나요
빛나는 햇살을 두르고
부드럽게 몸을 흔드는 바다

아무도 없는 바닷가에 혼자 서 있으면
춤추는 바다를 볼 수 있어요

고래의 손을 잡고 춤을 추며
내게로 다가오는 바다

햇살이 투명한 날엔 바다로 가보세요
그곳에 가면
춤추는 바다를 만날 수 있을 거예요

햇살이 좋은 날엔 바다로 가보아요
춤추는 바다를 보러 가요

성에 낀 아침

매서운 겨울 아침
자동차 유리창에 낀 두꺼운 성에를 보거든
성급하게 긁어내진 마세요

길고 어두운 밤 내내
소리 없이 내려앉아
냉정하게 얼어붙은 그것은
소심해서 잘 삐치거든요

잘못했다가는
꽁꽁 언 마음에
애꿎은 상처만 낼 뿐이에요

그렇다고 마냥 내버려 뒀다가는
한 치 앞도 볼 수 없지요

조심조심 아기를 달래듯
차갑게 굳어버린 마음에
호, 호, 입김을 불어보세요
무심해서 미안했다고

속삭여 보세요

새침하게 얼어붙은 성에가
스르르 녹으면
말갛게 미소 짓는 아침을 만날 거예요

달콤한 고요

마당에 하얗게 쌓인 눈 위로
아침 햇살이 내려오면
찬바람이 부는데도 따스하다
이상한 일이다

지붕 위에 쌓였던 눈이 녹아
똑, 똑, 소리 내며 떨어지는데도
이웃집 개가 왈왈 짖어대는데도 고요하다
참 이상한 일이다

고요는
따뜻하고
투명하고
친근하게 스민다
참, 달콤하다

깊은 마음

행여나 남이 볼세라 몰래 감춘 마음
깊은 곳에 꼭꼭 숨겨 두고서는
이제껏 찾아다녔네

나조차 까맣게 잊고 있었던
마음속 가장 깊은 마음
눈물 같은 속살 마음

황혼

아직도 뜨겁다

질그릇에 담긴
죽 한 그릇

빛바래다

빛이 바랜다는 것은
색을 잃는 것

색을 잃는다는 것은
소리 없이
존재가 무너지는 일

그 모든 색은 어디로 가는가

시를 잃어버린 뒤에야
나는 깨달았다
내가 시를 잃어버린 것이 아니라
시에게서 멀리 떠나 있었다는 것을

내가 시를 떠나 있었다는 것을 알았을 때
나는 내가 시를 떠난 이유를 알았다
사랑을 잃어버렸기 때문이다
사랑을 잃어버렸을 때
시를 잃어버렸던 것이다

오래 헤매다 집으로 돌아왔을 때
나는 시가 사랑인 줄 알게 되었다
그리고 내가 잃어버린 줄 알았던 사랑은
언제나 내 마음 깊은 곳에서
나를 기다리고 있었다

2022년 시월 좋은 날
권효진